John Burningham

斯蒂文，
去帮妈妈买东西

[英] 约翰·伯宁军 ◉ 著/绘

杨玲玲 彭懿 ◉ 译

图书在版编目（CIP）数据

斯蒂文，去帮妈妈买东西 /（英）约翰·伯宁罕著绘；杨玲玲，彭懿译. – 北京：北京联合出版公司，2019.9（2023.7 重印）

ISBN 978-7-5596-3461-0

Ⅰ.①斯… Ⅱ.①约…②杨…③彭… Ⅲ.①儿童故事—图画故事—英国—现代 Ⅳ.①I561.85

中国版本图书馆CIP数据核字(2019)第154846号

The Shopping Basket

Copyright © John Burningham, 1980.

First published as The Shopping Basket by Random House Children's Publishers UK, a division of The Random House Group Ltd.

Simplified Chinese translation copyright © 2019 by Beijing Tianlue Books Co.,Ltd.

ALL RIGHTS RESERVED

斯蒂文，去帮妈妈买东西

作　　者：[英]约翰·伯宁罕
译　　者：杨玲玲　彭懿
选题策划：北京天略图书有限公司
责任编辑：楼淑敏
特约编辑：邹文谊
责任校对：王佳怡

北京联合出版公司出版
（北京市西城区德外大街83号楼9层 100088）
北京联合天畅发行公司发行
河北尚唐印刷包装有限公司印刷　新华书店经销
字数5千字　889毫米×1194毫米　1/16　2.5印张
2019年9月第1版　2023年7月第3次印刷
ISBN 978-7-5596-3461-0
定价：38.00元

版权所有，侵权必究

未经书面许可，不得以任何方式转载、复制、翻印本书部分或全部内容。
本书若有质量问题，请与本公司图书销售中心联系调换。
电话：010-65868687　010-64258472-800

"斯蒂文，替我跑一趟商店好吗？给宝宝买六个鸡蛋、五根香蕉、四个苹果、三个橙子，再买两个甜甜圈和一包薯片配你的下午茶。另外，把这张字条放在25号。"

于是斯蒂文拿着篮子，出发去商店。
他经过了25号，

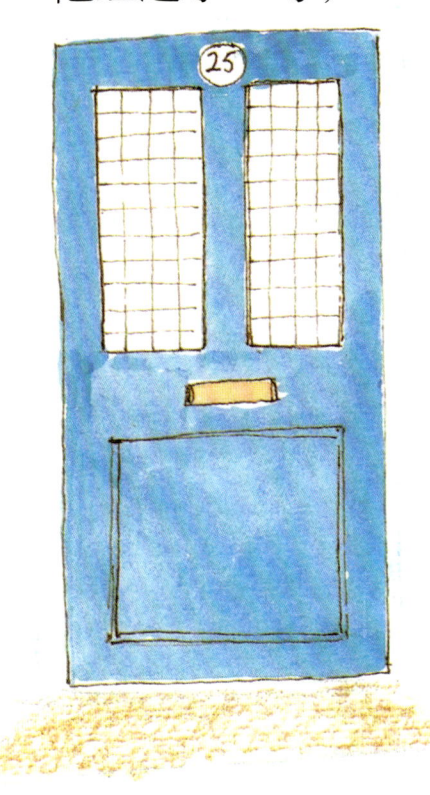

经过了有缺口的栏杆，

经过了装得满满的垃圾筐，

经过了修人行道的人，

经过了一条坏脾气的狗住的狗屋，

来到了商店。

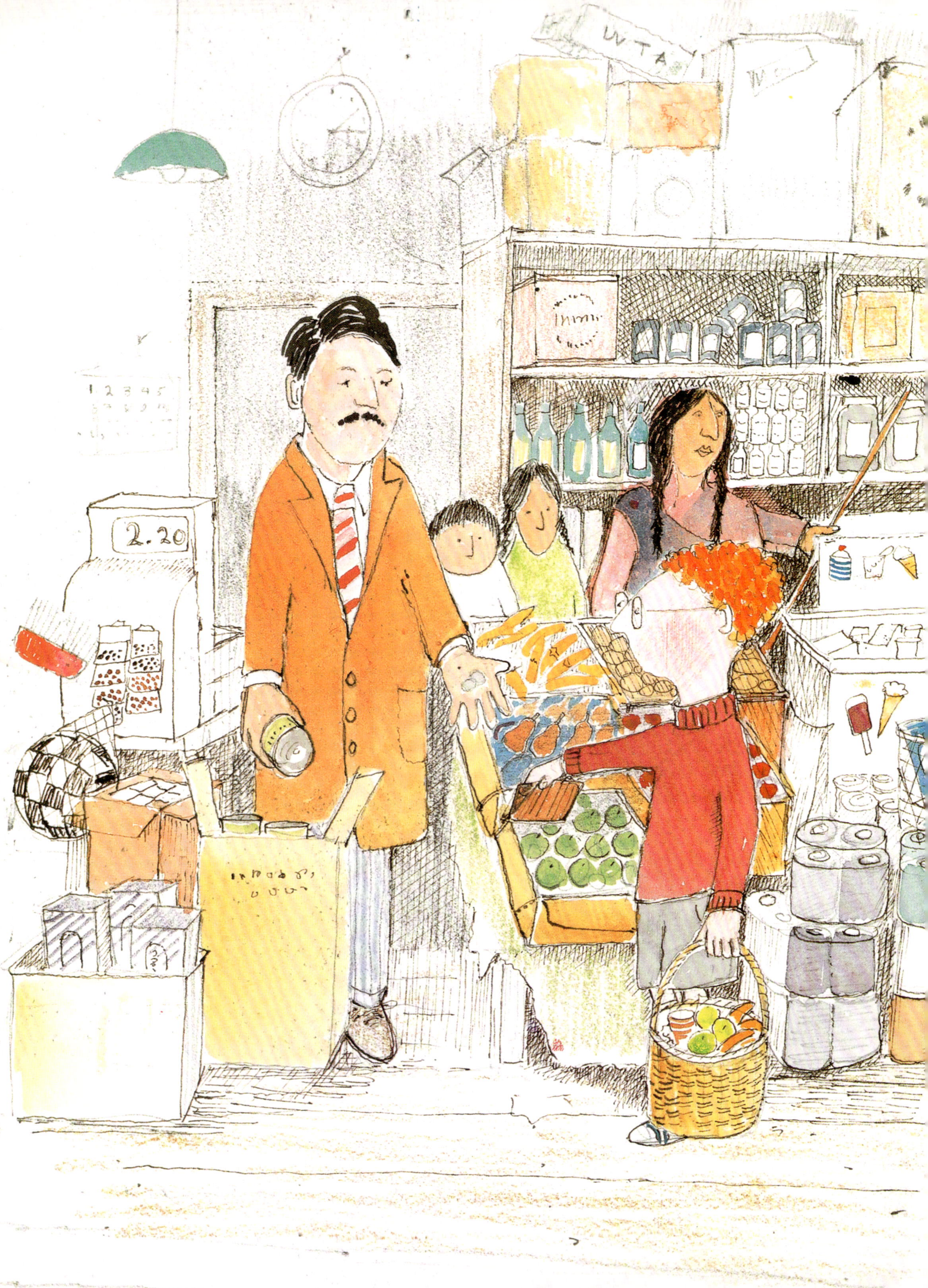
2.20

他给宝宝买了六个鸡蛋、五根香蕉、四个苹果、三个橙子，给自己买了两个甜甜圈和一包薯片配下午茶。

可是，当他从商店出来时，他遇到了一头熊。

迪瓦利商店

"我要这些鸡蛋，"熊说，"如果你不把鸡蛋给我，我就把你抱得喘不过气来。"

"如果我把一个鸡蛋扔向空中，"斯蒂文说，"你那么慢，我敢说你接不住鸡蛋。"

"我慢？"熊说……

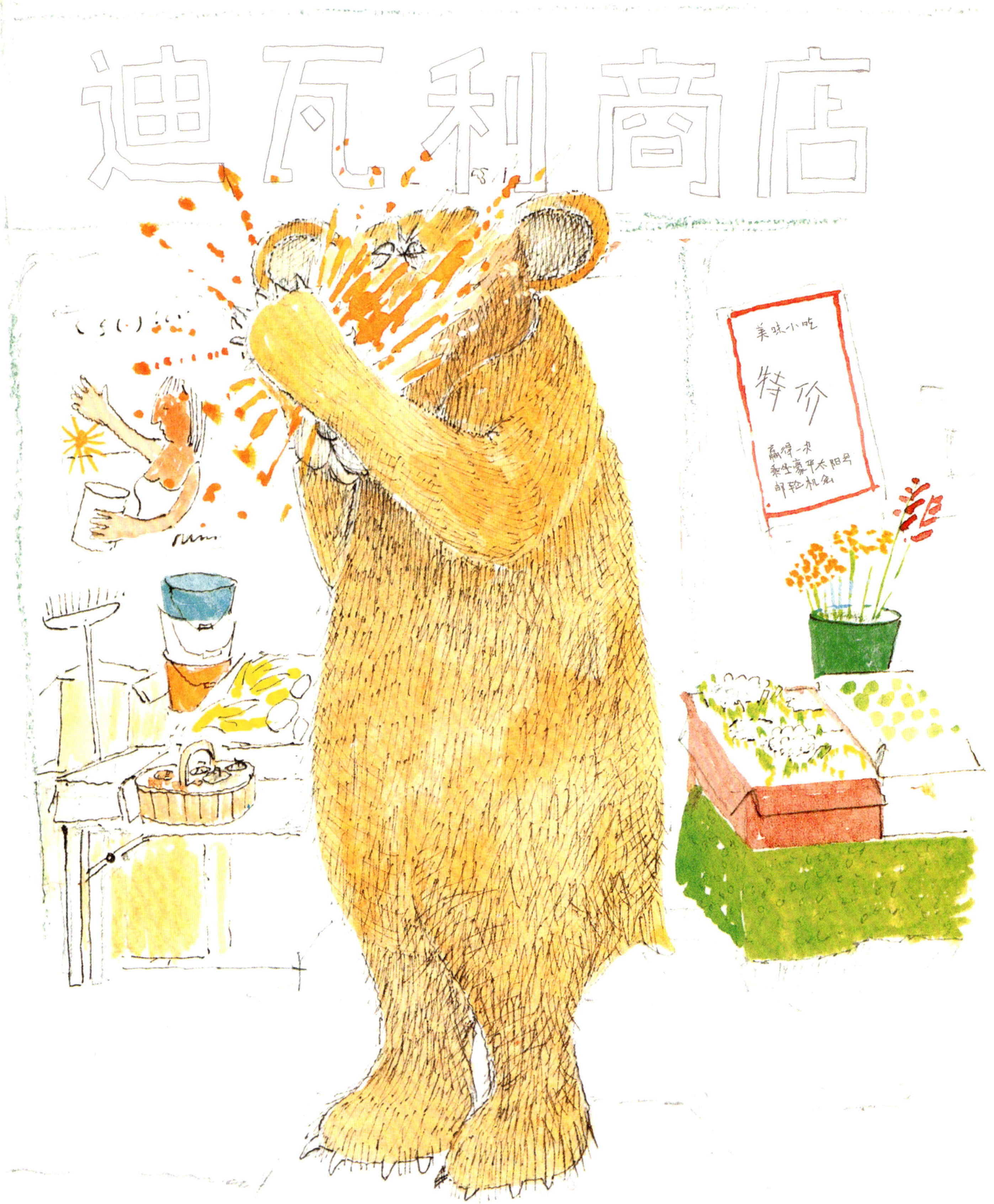
迪瓦利商店
美味小吃
特价
赢得一次
乘坐豪华太阳号
邮轮机会

然后，斯蒂文拿着篮子赶紧往家走。

可是，当他走到那条坏脾气的狗住的狗屋时，他遇到了一只猴子。

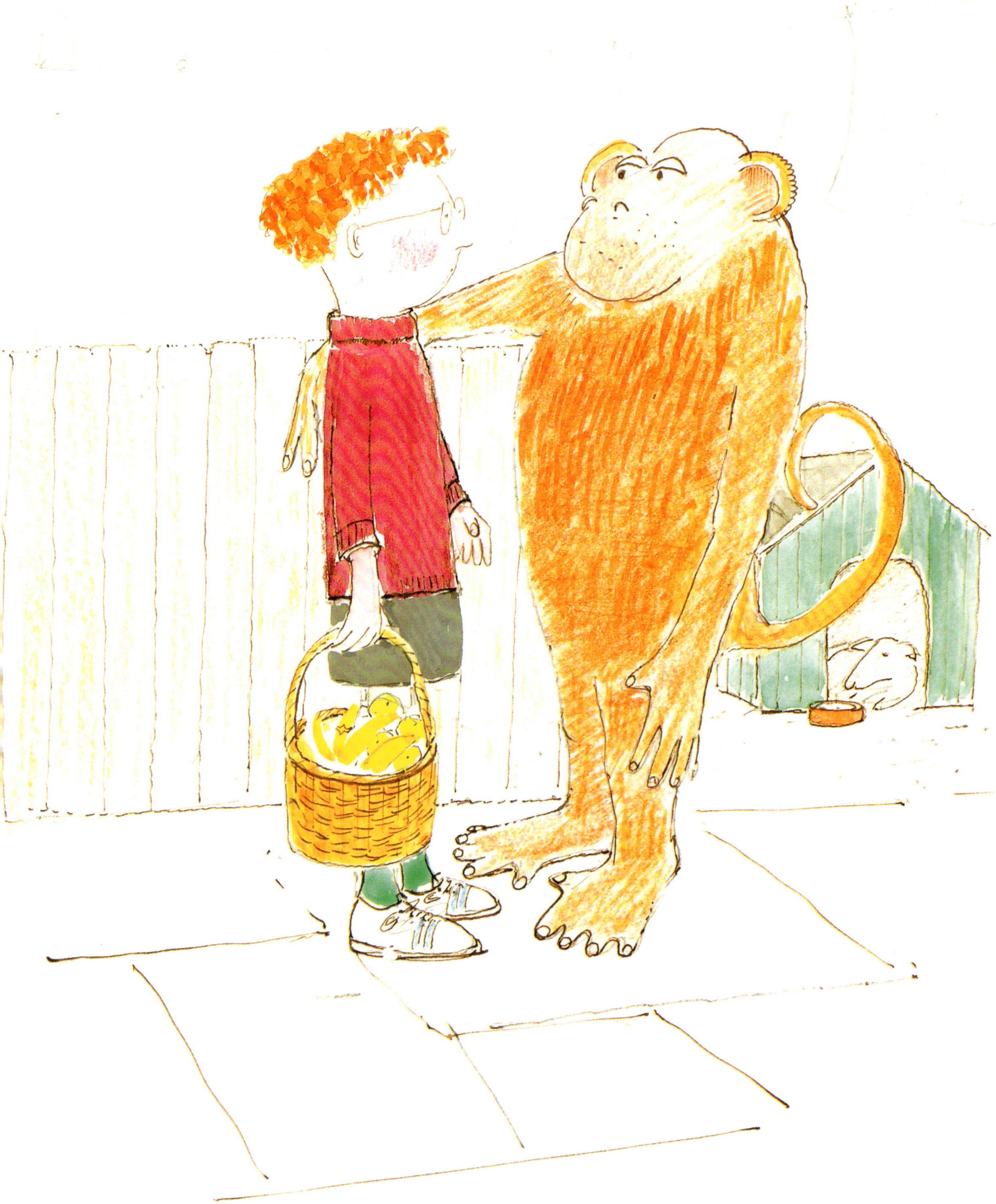

"把这些香蕉给我,"猴子说,"不然我就揪你的头发。"

"如果我把一根香蕉扔到狗屋上,你那么吵,我敢说你要拿到它,肯定会把狗吵醒。"

"我吵?"猴子说……

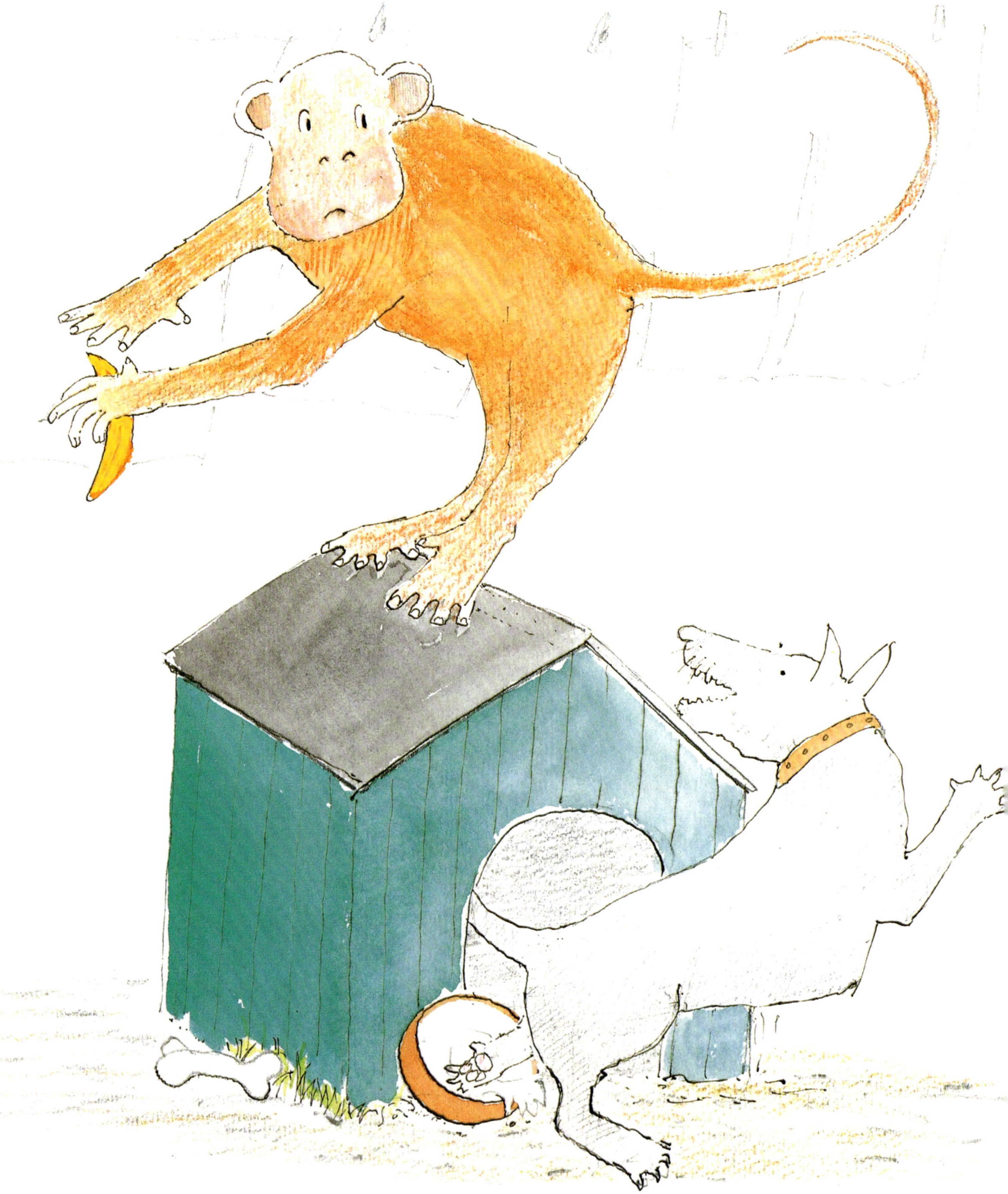

然后，斯蒂文拿着篮子赶紧往家走。

可是，当他走到修人行道的人那里时，他遇到了一只袋鼠。

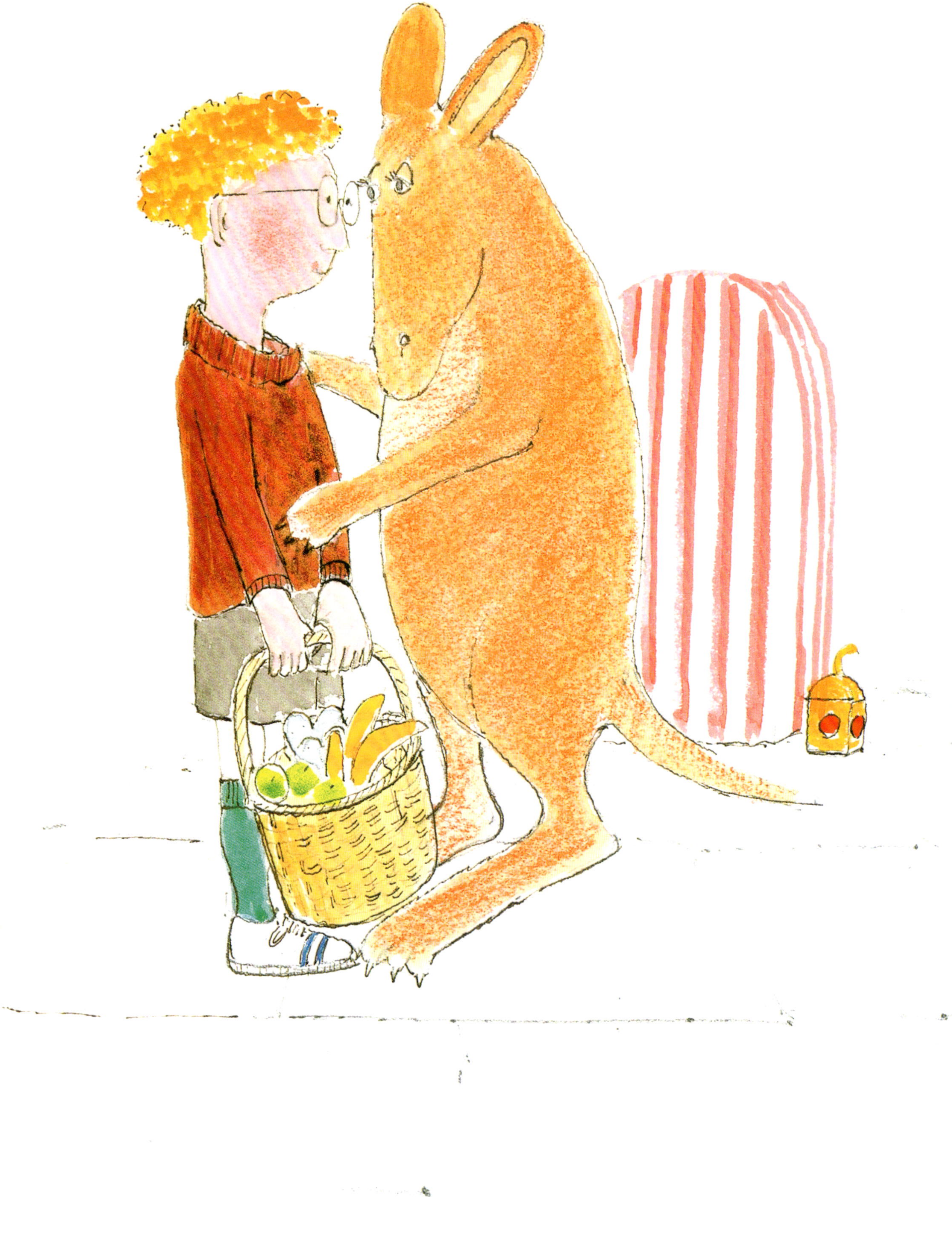

"把你篮子里的那些苹果给我，"袋鼠说，"不然我就捶你。"

"如果我把一个苹果扔过那个帐篷，你那么笨，我敢说你不可能跳过帐篷拿到它。"

"我笨？"袋鼠说……

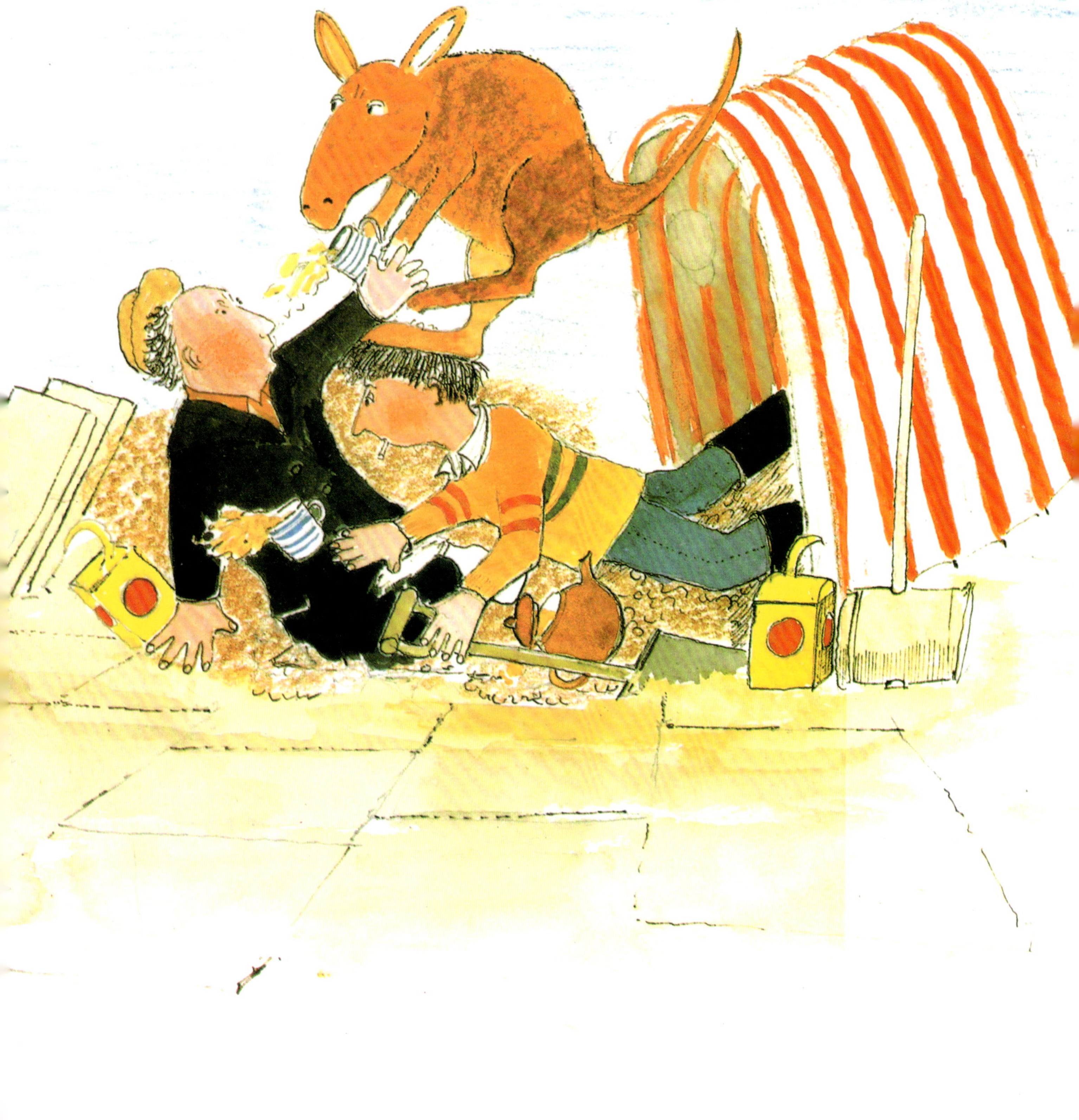

然后，斯蒂文拿着篮子赶紧往家走。

可是，当他走到垃圾筐那里时，他遇到了一只山羊。

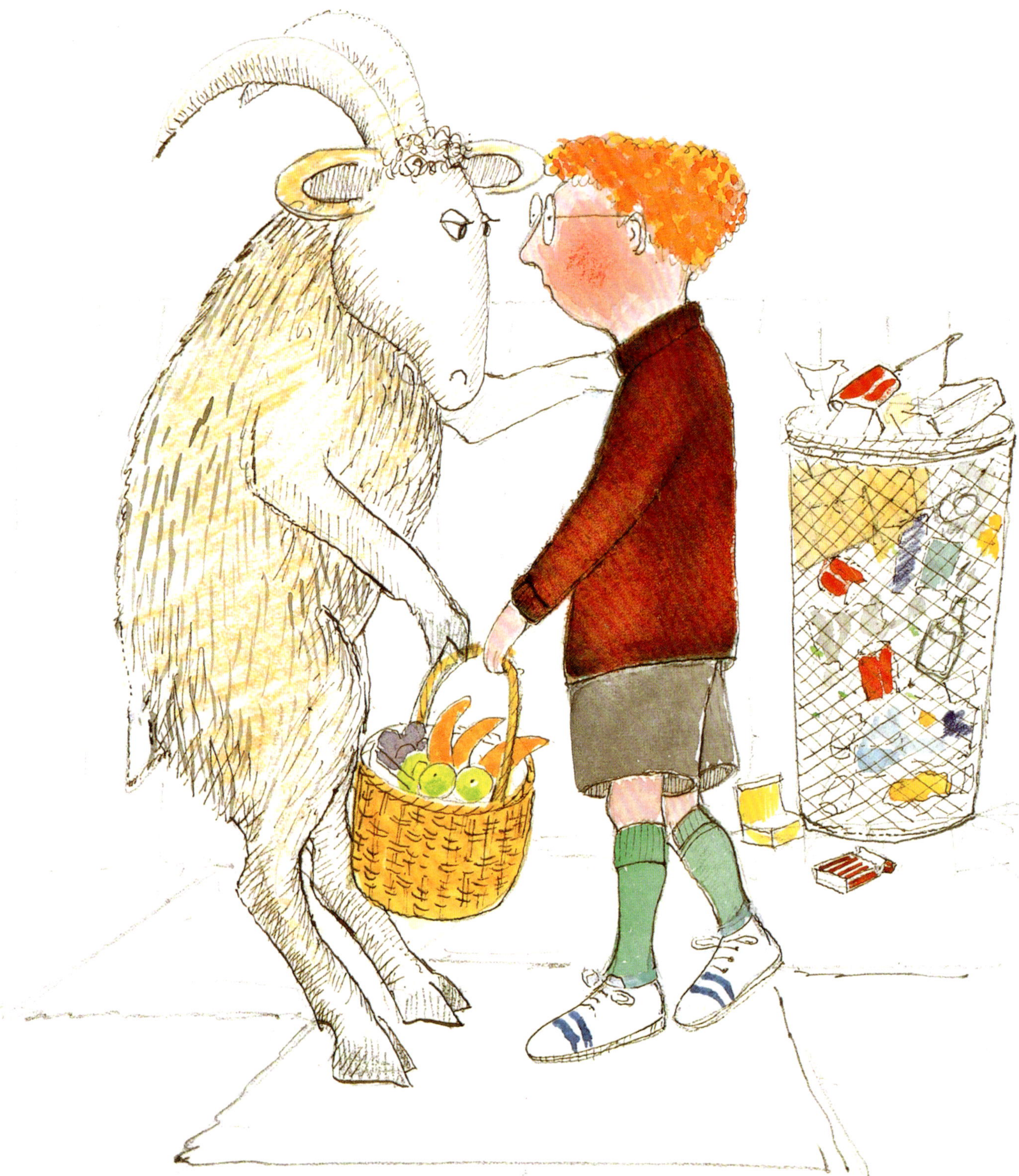

"把你篮子里的橙子给我，"山羊说，"不然我就把你顶到篱笆那边去。"

"如果我把一个橙子放进那个垃圾筐里，你那么傻，我敢说你不可能把它拿出来。"

"我傻？"山羊说……

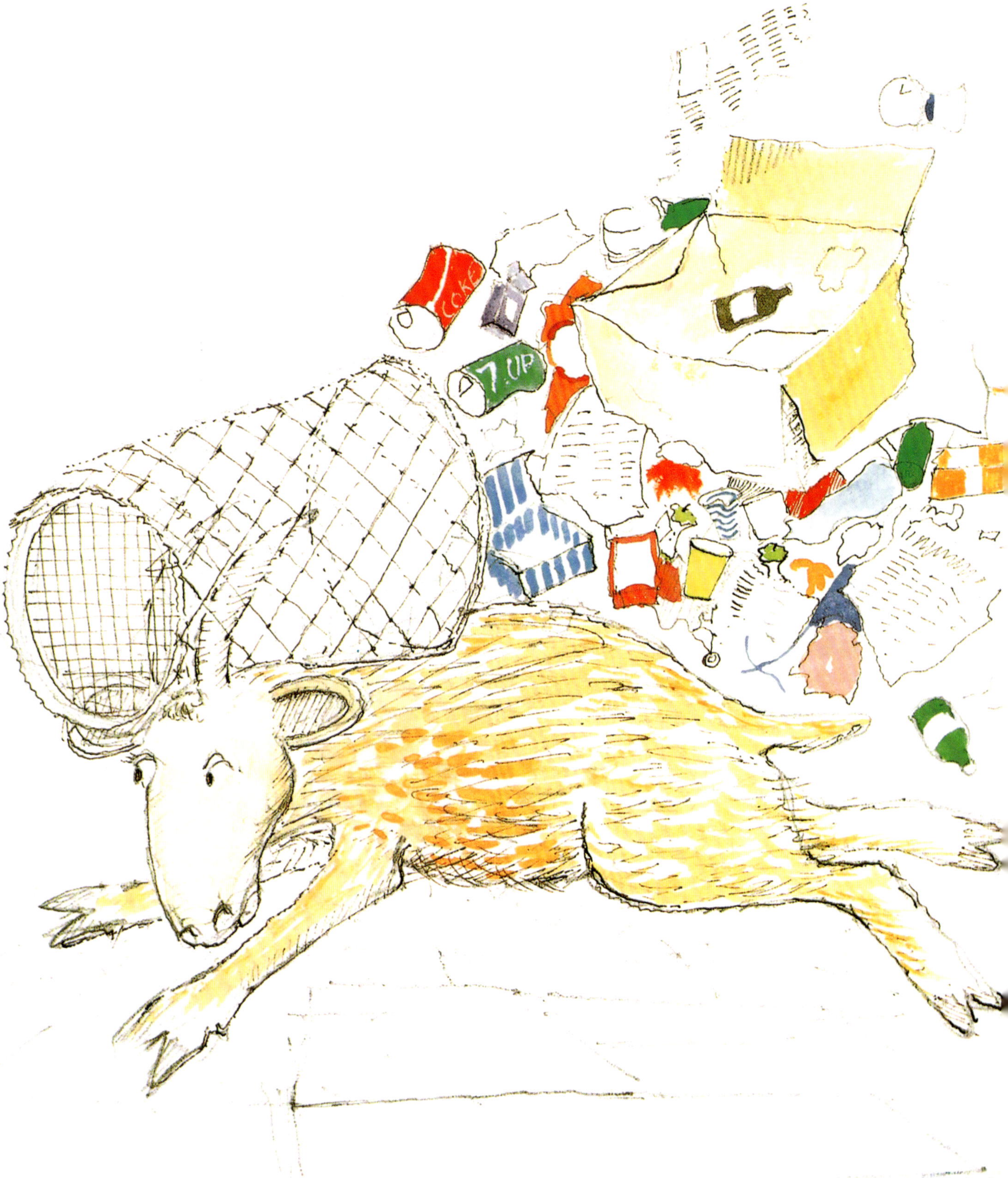
COKE
7 UP

然后，斯蒂文拿着篮子赶紧往家走。

可是，当他走到有缺口的栏杆时，他遇到了一头猪。

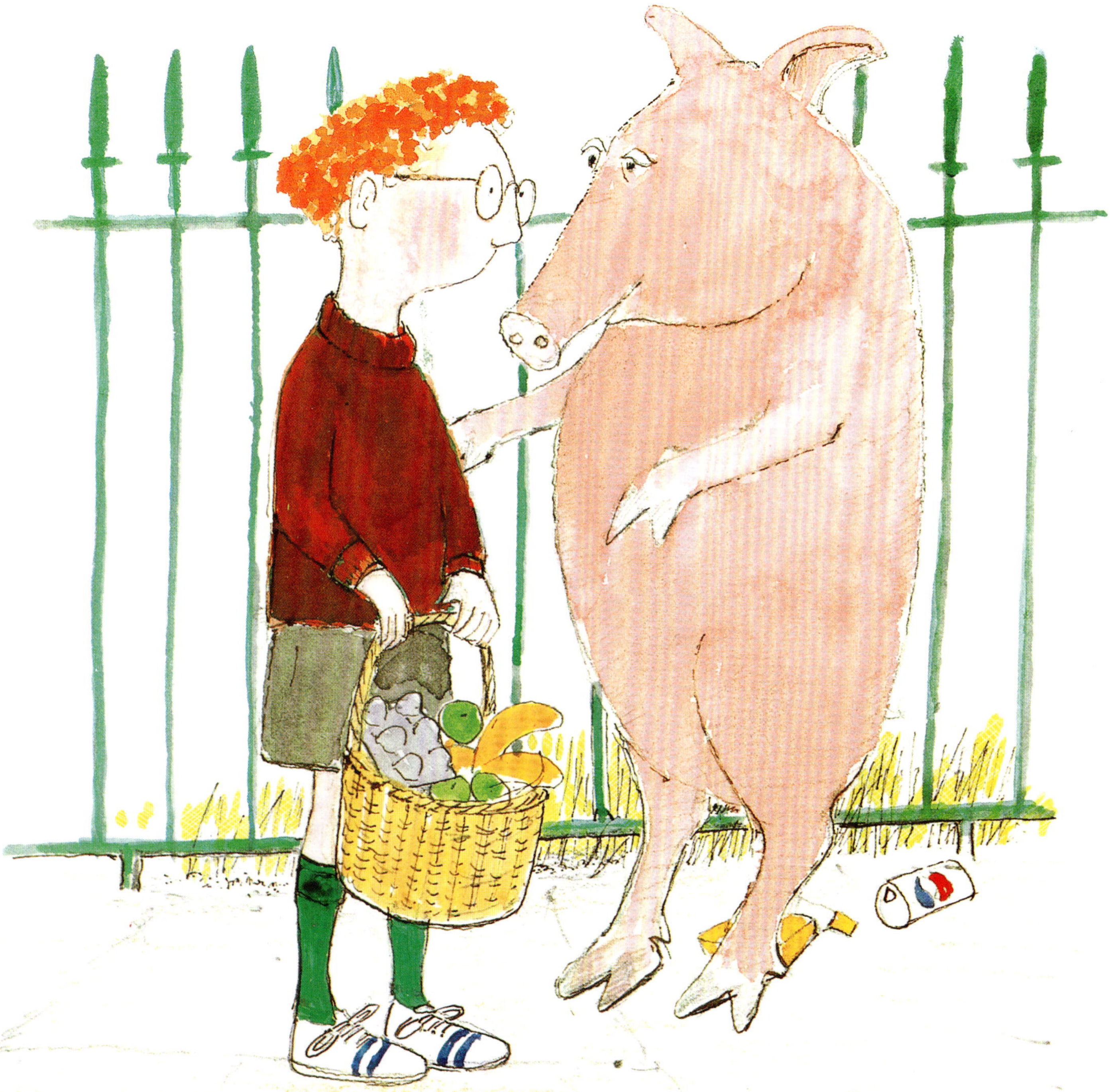

"把这些甜甜圈给我，"猪说，"不然我就把你摁到栏杆上。"

"如果我把甜甜圈从栏杆的缺口塞过去，你那么胖，我敢说你没办法挤过去拿到它。"

"我胖？"猪说……

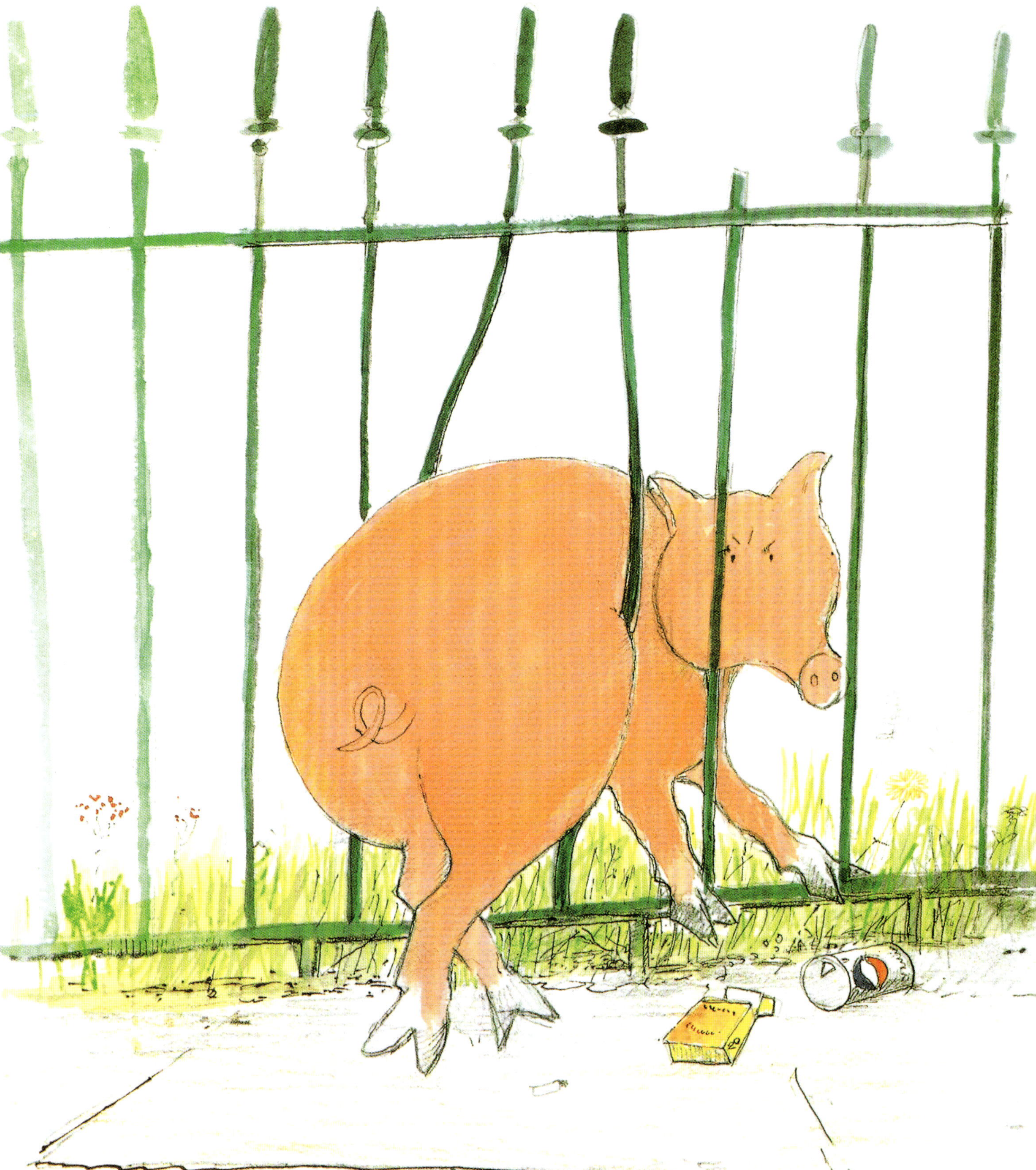

然后，斯蒂文拿着篮子赶紧往家走。

可是，当他走到 25 号时，他遇到了一头大象。

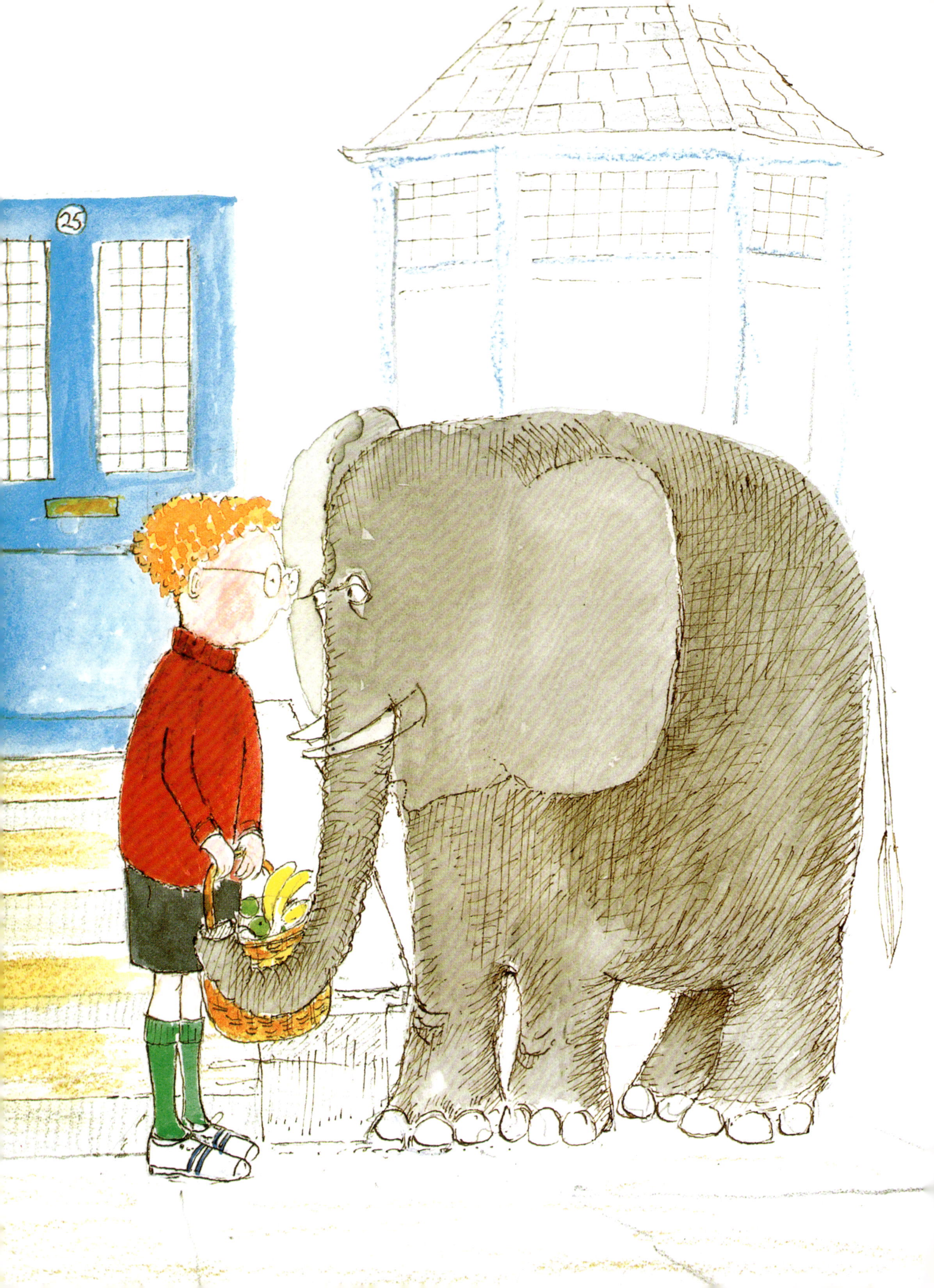
25

"把薯片给我，"大象说，"不然我就用我的鼻子揍你。"

"如果我把薯片放进信箱里，你的鼻子那么短，我敢说你都够不到它。"

"我的鼻子短？"大象说……

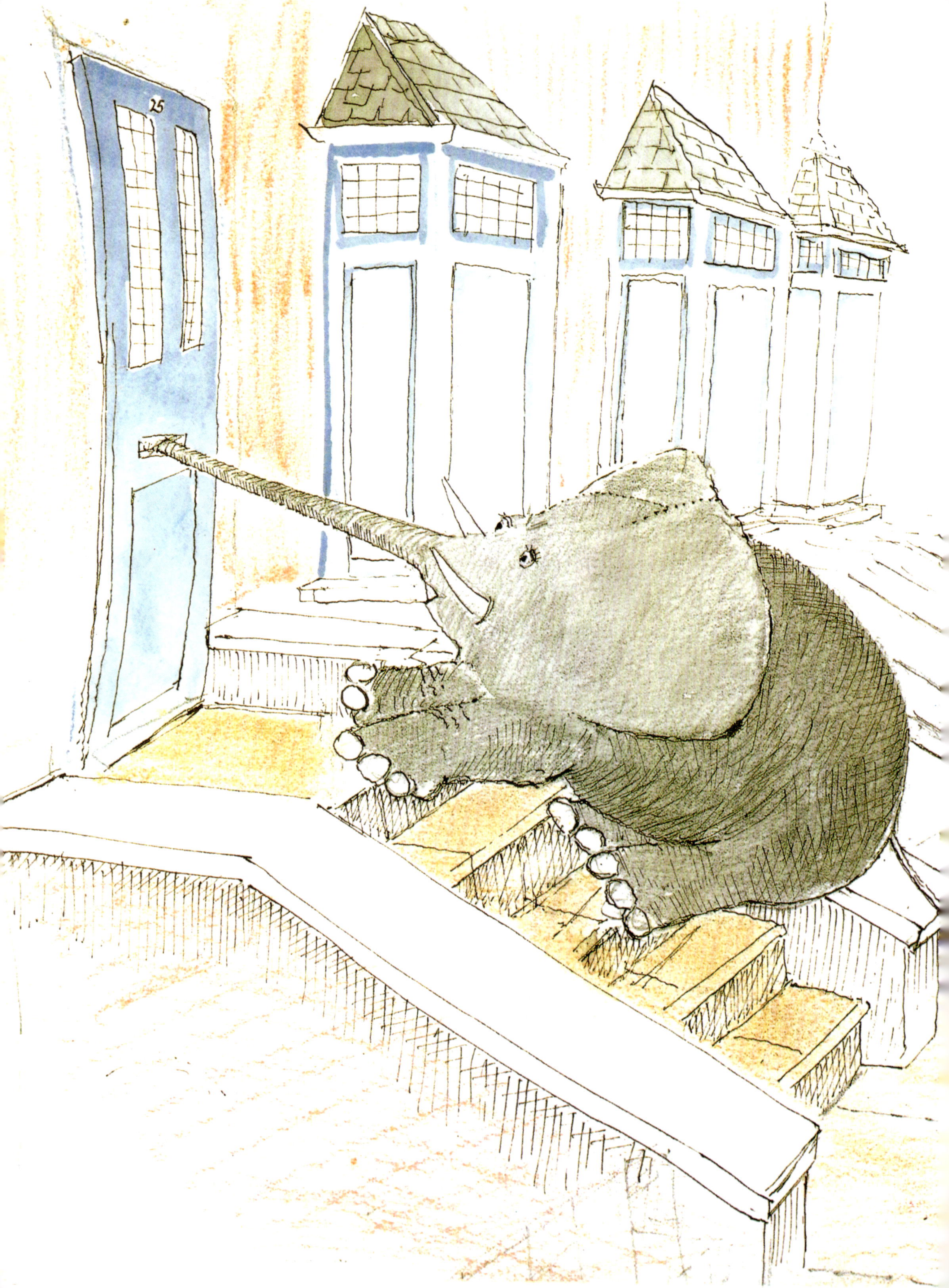
25

然后，斯蒂文拿着篮子赶紧往家走。

可是，当他到达自己家时，他遇到了他的妈妈。

"你到底去哪儿了,斯蒂文?我只不过让你给宝宝买六个鸡蛋、五根香蕉、四个苹果、三个橙子,还有两个甜甜圈和一包薯片。你怎么去了这么久?"